A mi padre, que brilla
R. H. D.

Título original: *Le petit garçon étoile*
© Casterman, Bruselas (Bélgica), 2001
© De esta edición: Editorial Luis Vives, 2003
Carretera de Madrid, km. 315,700
50012 Zaragoza
Teléfono: 913 344 883
www.edelvives.es

ISBN: 84-263-5007-0
Impreso en Francia por Pollina s.a., Luçon (85) - n° L89253A

Rachel Hausfater-Douïeb | Olivier Latyk

El niño estrella

❖ EDELVIVES

Hace años en un rico país,
un loco obligó
a los que consideraba distintos
a llevar una estrella
de seis puntas.

Pero hubo un niño
que no sabía
que era
una estrella.

Y se lo hicieron
saber.

Al principio, le gustó
y hasta se sintió orgulloso
de serlo.
Le pareció que estaba bien
aquello de ser niño estrella.

Pero aquella estrella
tenía demasiadas puntas.

Y entonces el niño estrella
empezó a sentir
vergüenza.

Y cuanta más vergüenza
sentía,
más grande se hacía
la estrella.

Y al cabo de unos momentos
ya no se veía
al niño.

Sólo se podía ver
la estrella que llevaba.

A su alrededor,
las otras estrellas
corrían en todas direcciones,
enloquecidas...

porque los cazadores
de estrellas
se acercaban.

Un día, los cazadores
atraparon a las estrellas
y se las llevaron
en unos trenes negros.

Y el niño vio
cómo las grandes estrellas-papá,
las dulces estrellas-mamá
y las estrellitas más pequeñas
ascendían hacia la noche.

Y se apagaban.

El niño estrella
replegó sus puntas
y trató de ocultar
toda la luz que tenía en su interior,
como si ya no
fuera una estrella.

Y eso hizo que ya
no pareciera un niño.

Estuvo escondido
durante mucho tiempo.

Estaba oscuro fuera
y también dentro.

Por fin, la noche
se terminó
y el niño
pudo salir.

Fuera, hacía
un tiempo hermoso.

Pero estaba completamente solo.
Las estrellas fugaces
no habían vuelto.

Afortunadamente,
había otras personas
a su alrededor.
Eran un poco soles
y un poco estrellas.
Y le enseñaron
a vivir de nuevo
a la luz del día.

Ahora, el niño sabe que es
una estrella.

Y brilla.